8 Yth 2334

Paris
1870

Schiller, Frederich von

Les Brigands = I Masnadieri

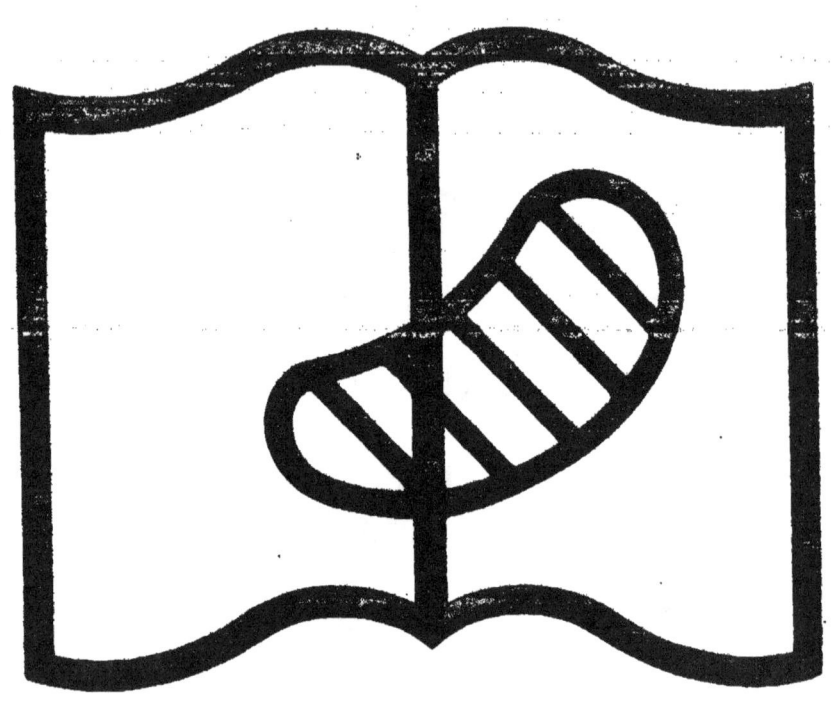

Symbole applicable
pour tout, ou partie
des documents microfilmés

Original illisible

NF Z 43-120-10

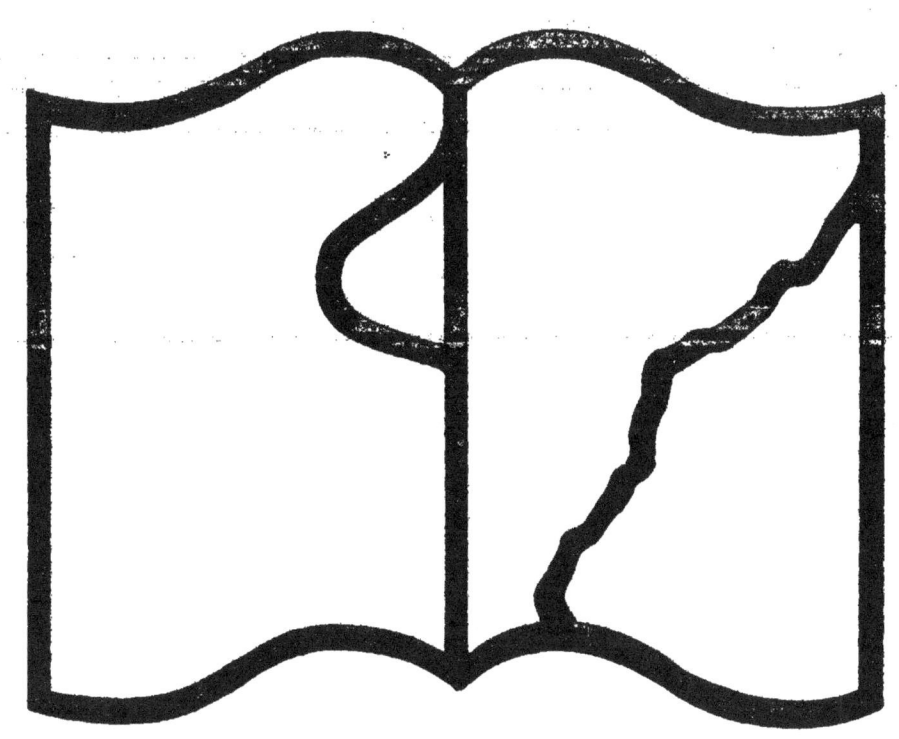

**Symbole applicable
pour tout, ou partie
des documents microfilmés**

Texte détérioré — reliure défectueuse

NF Z 43-120-11

LES
BRIGANDS

(I MASNADIERI)

OPÉRA EN QUATRE ACTES ET SEPT TABLEAUX

PAROLES DE M. JULES RUELLE

D'APRÈS LE DRAME DE

F. SCHILLER

MUSIQUE DE

G. VERDI

UN FRANC

PARIS

MICHEL LÉVY Frères
Libraires-Éditeurs
RUE VIVIENNE, 2 bis

LÉON ESCUDIER
Éditeur de Musique
RUE DE CHOISEUL, 21

LIBRAIRIE NOUVELLE
15, BOULEVARD DES ITALIENS, 15

1870

Paris, Léon ESCUDIER, Editeur, 21, rue de Choiseul.

RÊVE D'AMOUR

Partition piano et chant, in-8°, prix net. . . . .   15 fr.

Partition piano solo, prix net.   10 fr.

Partition a quatre mains, prix net. . . . .   20 fr.

Morceaux de chant détaches, avec accompagnement de piano, par A. BAZILLE .

LES

BRIGANDS

200   Paris. **Typ.** Morris père et fils, rue Amelot, 64.

LES
BRIGANDS
(I MASNADIERI)

OPÉRA EN QUATRE ACTES ET SEPT TABLEAUX

PAROLES DE M. JULES RUELLE

D'APRÈS LE DRAME DE

F. SCHILLER

MUSIQUE DE

G. VERDI

Représenté pour la première fois, à Paris, au Théâtre de l'Athénée.

PARIS

MICHEL LÉVY Frères	LÉON ESCUDIER
Libraires-Éditeurs	Éditeur de Musique
RUE VIVIENNE, 2 *bis*	RUE DE CHOISEUL, 21

LIBRAIRIE NOUVELLE
15, BOULEVARD DES ITALIENS, 15

—

1870

PERSONNAGES

MAXIMILIEN... Comte de Moor, souverain de Franconie.

CARLO......... Son Fils aîné.

FRANÇOIS..... Son second Fils.

MOSER......... Vieux Prêtre.

DANIEL........ Serviteur des Comtes de Moor.

ROLLER....... Étudiant d'abord, puis lieutenant de Carlo.

AMÉLIE........ Nièce du comte de Moor, fiancée de Carlo.

BRIGANDS, SEIGNEURS, BOURGEOIS, FEMMES DU PEUPLE, ENFANTS, DOMESTIQUES.

L'Action se passe en Allemagne, au seizième siècle.

Pour la partition, les parties d'orchestre et la brochure, s'adresser à M. Léon Escudier, éditeur, 21, rue de Choiseul.

Pour la mise en scène, s'adresser à M. Vadé, régisseur de l'Athénée.

LES BRIGANDS

ACTE PREMIER

PREMIER TABLEAU

La scène représente une salle d'auberge dans les faubourgs de Dresde; à gauche, au fond, une porte. Carlo Moor, fuyant un instant ses compagnons de débauche, — étudiants, fils de seigneurs comme lui, — relit Plutarque. Dans cette scène, Carlo est jeune, richement vêtu. Le contraste doit être bien accusé avec les actes suivants. — A gauche, table, tabourets, verres et brocs. A cette table est assis Carlo.

SCÈNE PREMIÈRE

CARLO, *seul, lisant.*

Quand je lis mon Plutarque, ah! je rougis de nous !
Siècle de fer, de honte, et de sots et de fous...
     Oui, dans nos cœurs, l'étincelle est éteinte·...
          Pourtant vers l'âge d'or
     J'aurais voulu te ramener encor,
          Mon Allemagne, libre et sainte!

(*On entend dans la coulisse le chœur bachique des compagnons de Carlo; ce dernier se lève et écoute.*)

CHŒUR, *dans la coulisse.*

     Plus d'entraves,
     Plus d'esclaves!
Par le verre et par le fer,
Amis, fêtons Lucifer !

1

CARLO, *tristement.*

Toujours, toujours l'orgie,
Toujours crime et folie !...
O mon père, pardonne, et vers toi je reviens ;
Et mon cœur va renaître en de chastes liens.

CAVATINE.

O doux séjour d'enfance,
Vers vous mon cœur s'élance ;
Je vais donc vous revoir.
C'est là que mon amie
M'attend fidèle et prie.
Fuyez, passé, folie,
Le ciel me rend l'espoir.

SCÈNE II

ROLLER, CARLO, AMIS DE CARLO, *entrant par la gauche.*
(*Tous s'avancent. Roller tend une lettre à Carlo.*)

CHŒUR.

Un message qu'on t'apporte....
(*Carlo hésite à prendre la lettre.*)
As-tu peur ?...

CARLO, *prenant la lettre.*

Pourquoi ?... c'est mon pardon ; amis, c'est le bonheur.
(*Il ouvre la lettre et paraît ému. Tombant assis.*)
Qu'ai-je vu ? la main de mon frère ?... (*Il lit.*)

CHŒUR, *à part.*

Il a pâli ! c'est triste affaire !
(*Carlo laisse tomber la lettre et pleure.*)

ROLLER, *ramassant la lettre.*

Mais, quel est donc ce grand malheur ?...
(*Il regarde le papier. Tous les jeunes gens se
rapprochent de lui.*)

ROLLER, *lisant.*

»Notre père t'annonce que tu dois perdre toutes dé-

» rance de revoir le château paternel. Si, contre sa volonté,
» tu osais revenir, tu serais enfermé dans le caveau de la
» tour, où tu vivrais de pain et d'eau, jusqu'à ce que tes
» cheveux aient poussé comme les plumes, et tes ongles
» comme les serres de l'aigle. — Ton frère : François de
» Moor. »

CHŒUR, *à demi-voix.*

Oui, par le diable,
C'est lamentable !

CARLO.

Race humaine au cœur de pierre,
Que faut-il pour te fléchir ?
Quoi, ni larmes ni prière,
Non, rien n'a pu l'attendrir !...

. . . .

(*Se levant furieux.*)

Ah ! pouvoir en ma furie,
Race infâme, te briser ;
Race de venin pétrie,
Que ne puis-je t'écraser ;
Par quel moyen de tous me venger ?...

CHŒUR.

Se venger est bien facile :
Pour les bois quittons la ville !...

CARLO.

Par l'enfer, nous brigands ?... Le meurtre, le danger ?...

CHŒUR.

Tu seras notre capitaine.

CARLO.

Soit, j'accepte ; servez ma haine !

TOUS.

Vive le capitaine !...

CARLO.

Terre ingrate, que ma haine
Furieuse se déchaîne...
Prie et tremble, ô race humaine,
L'épouvante suit mes pas.
O vengeance, ô folle joie,
Que ton aile se déploie...

(*Au Chœur.*)

L'Allemagne est votre proie
Et l'enfer guide nos bras !

CHŒUR.

Oui, par la haine
Qui nous enchaîne,
Par l'enfer, reçois notre foi !

CARLO.

Amis, comptez sur moi.

CHŒUR.

Nous acceptons ta foi ;
Sois notre chef, sois notre roi !

(*Tous paraissent joyeux. Ils entraînent Carlo.*)

FIN DU PREMIER TABLEAU.

~~~~~~~~~~

DEUXIÈME TABLEAU

Une vaste salle du château de Moor. A droite, une grande table avec un timbre dessus, et à côté un vaste fauteuil portant les armes des comtes de Franconie. Au fond, grande porte donnant sur les jardins. A gauche, deuxième plan, une porte.

SCÈNE III

FRANÇOIS, *assis à droite et regardant une lettre.*

Carlo, cette fois, mon bon frère,
Le hasard est pour moi.

Pleure... écris... mais notre vieux père
Subit ma loi.

(*Il jette la lettre déchirée.*)

Toi seul eus la tendresse...
A toi, l'aîné, reviendrait la richesse ?

(*Se levant avec colère.*)

Non, non, jamais !... De la nature
J'anéantis l'arrêt.
Par l'enfer, je le jure,
A tous les crimes je suis prêt !...

(*Souriant.*)

Justice !... Conscience !...
Vaine chimère, épouvante des sots !...
Quel est l'obstacle ? un vieillard en enfance.

(*A voix basse.*)

Sa vie est bien fragile, et cruels sont ses maux...
Un souffle... et puis, un éternel silence !...

AIR.

A quoi bon languir sur terre,
Passé l'âge où l'on espère ?
O vieillesse, ta misère,
Malgré moi me fait gémir.
Sur la terre,
Mon vieux père,
Si longtemps, pourquoi languir ?...
. . . . .
La nature m'a fait naître
Difforme, mais, dans mon être,
Elle a mis l'âme d'un traître
Et la haine des humains...
Pourquoi naître
Fourbe et traître ?

(*Avec force.*)

Remets, ô Mort, ton glaive entre mes mains
Et malheur aux humains.

(*Après un instant de réflexion et paraissant prendre un parti.*)

Aux fous la clémence !

Poursuis ta vengeance ;
A toi le pouvoir.
(Il frappe sur un timbre, Daniel paraît au fond.)

SCÈNE IV

FRANÇOIS, DANIEL.

DANIEL.

Monseigneur me réclame ?

FRANÇOIS, *lui faisant signe d'approcher.*
Écoute et sois fidèle.

DANIEL, *s'avançant.*
Seigneur, c'est mon devoir.

FRANÇOIS, *bas et posant un bras sur l'épaule de Daniel.*
Eh bien ! sache servir mes projets avec zèle.
(Mystérieusement.)
Sous l'habit d'un soldat, rends-toi méconnaissable,
Viens alors vers mon père et, d'un air lamentable,
Apprends-lui que Carlo succomba dans tes bras.

DANIEL.
Soit ; mais si l'on ne me croit pas ?

FRANÇOIS.
Poltron ! sois sans crainte : je veille !
Ici, près de toi je serai,
Et s'ils veulent des preuves... eh bien ! j'en aurai...
Va......
(Il reconduit Daniel qui sort par la gauche.)

SCÈNE V

FRANÇOIS, *redescendant joyeusement.*

Vrai Dieu ! tout va bien, quand l'enfer vous conseille !

A moi le sceptre, à moi la loi,
A moi l'orgueil immense;
A moi la suprême puissance !
Tremblez, vassaux, voici le roi :
Adieu les jours de fête;
Courbez la tête,
A genoux devant moi !...
Si d'un vieillard la main débile
Avait laissé tomber vos fers;
Qu'ils soient plus lourds, ò race vile;
Vous souffrirez, j'ai bien souffert !
Esclaves, plus de fêtes ;
Allons, courbez vos têtes.
A genoux devant moi,
Devant le roi !

*Après l'allegro, François, regardant au fond, voit
venir son père ; il sort alors par la porte de gauche,
où Daniel a disparu.)*

SCÈNE VI

*(Sur la ritournelle, Amélie paraît, soutenant le comte
Maximilien. Ils entrent par le fond, comme venant
des jardins. Le comte est pâle, fatigué. Amélie le
conduit au fauteuil de droite, où il s'assied, et peu à
peu s'assoupit. Amélie le regarde tendrement et lui
tient la main jusqu'à ce qu'il paraisse sommeiller.)*

AMÉLIE.

Va, repose paisible, ò vieillard vénérable,
C'est moi qui garde ton sommeil;
Repose, et qu'un songe vermeil
Passe et te charme...., Hélas ! dans ta fureur coupable,
Pourquoi bannir mon Carlo bien-aimé?...
Mais mon âme t'a pardonné !...
(Elle s'éloigne rêveuse et redescend la scène.)

RÊVERIE.

Bonheur passé, doux songe !...
L'amour n'est pas mensonge ;

A toi toujours je songe :
Carlo tu reviendras,
Toi seul à ma jeunesse
Appris de la tendresse
L'extase enchanteresse.
Si j'en connus l'ivresse,
Carlo, c'est dans tes bras.
Doux instants, mon âme ravie
Dans ton âme oubliait sa vie..

· · · · · · · ·

Bonheur céleste, je rêvais;
Alors qu'était la terre ?...
Bonheur passé, divin mystère,
Reviendras-tu jamais ?...
Ivresse éphémère...
Hélas ! je rêvais !...

· · · · · · · ·

LE COMTE, *sommeillant.*

O mon Carlo, quel destin misérable !...

AMÉLIE, *l'écoutant et retournant vers lui.*

En rêvant il pleure et l'appelle comme moi.

LE COMTE, *agité.*

François, oui, c'est toi le coupable...

AMÉLIE, *l'éveillant.*

Mon père, ah ! calmez votre effroi !...

LE COMTE, *s'éveillant et la regardant.*

C'est toi, toujours veillant sur moi :
(*Lui prenant la main.*)
Tu gardes ma vieillesse,
Pourtant, j'ai brisé ta jeunesse !...
Tu devrais me maudire...

AMÉLIE.

Hélas ! pourquoi ?...

DUO.

LE COMTE.

La mort passe, et sur ma tête
Je la vois, elle s'arrête.
Qu'elle frappe : une âme est prête ;
Mais viens, Carlo, me fermer les yeux !
Mon fils, que fais-tu loin de ces lieux ?...

AMÉLIE.

J'ai pleuré durant l'absence,
Mais pourtant dans ma souffrance
J'ai conservé l'espérance
De le revoir un jour dans ces lieux :
Carlo reviendra fermer tes yeux.

LE COMTE.

J'ai pleuré durant l'absence ;
Toi, mon fils, mon espérance,
Reviens me fermer les yeux.

AMÉLIE.

Éternelle est l'espérance,
Si je meurs, durant l'absence,
Nous serons unis aux cieux !

SCÈNE VII

LES MÊMES, FRANÇOIS, DANIEL, *déguisé en soldat. Ils
entrent par la gauche.*

FRANÇOIS, *montrant Daniel.*

Un messager vous demande audience,
Je vous l'amène...

LE COMTE.

Eh bien ! que me veut-il ?

DANIEL, *s'avançant sur un geste de François.*

En moi Carlo, seigneur, eut confiance...

1.

AMÉLIE, *vivement.*

Carlo ?...

LE COMTE, *se levant vivement.*

Va, parle...

DANIEL.

Il fut mon compagnon d'exil.
Pauvre, que faire ?
Je partis pour la guerre;
Carlo, mon frère,
Comme moi se fit soldat.
Longtemps son glaive
Frappa sans trêve ;
(*Hésitant.*)
Mais un jour... la mort... hélas !...

FRANÇOIS, *l'interrompant.*

Tais-toi...
(*Le Comte et Amélie pleurent.*)

DANIEL.

Voici son vœu suprême :
Porte à mon père ce fer encor sanglant...
(*Il présente une épée que François prend et regarde.*)
Dis-lui que Carlo lui pardonne en mourant,
Qu'il succombe exilé, loin de tous ceux qu'il aime !...

LE COMTE, *avec douleur.*

O père inhumain, ô barbare colère !

DANIEL.

Au nom d'Amélie, il ferma sa paupière !

AMÉLIE.

Et moi je respire, liée à la terre !...

FRANÇOIS, *montrant l'épée à Amélie.*

Lis ce que mon frère écrivit de son sang :
(*Lisant sur l'épée.*)
« De tes serments mon trépas te délie ;
» Sois de François la compagne, Amélie ! »

AMÉLIE, *avec horreur.*

Que je l'oublie ?
Non, c'est impie ;
Ombre chérie,
Je tiendrai mon serment !

ENSEMBLE.

LE COMTE, *avec égarement.*

Ah ! sur ma tête coupable
Gronde le ciel implacable.
(*A François.*)
Toi qui fis naître mes fureurs,
Par tes propos menteurs,
Traître, rends-moi mon fils.
Tremble, je te maudis,
Rends-moi mon fils !

AMÉLIE.

Ah ! malgré moi la douleur m'accable ;
Gronde sur eux, ciel inexorable !
Mais bientôt nous serons réunis.

DANIEL, *regardant le Comte.*

Ah ! malgré moi, sa douleur m'accable.
Le ciel sur nous gronde inexorable ;
Oui, déjà je tremble et je frémis.

FRANÇOIS.

Oui, je le vois, le remords l'accable.
Point de pitié ! sur mon front coupable,
Que gronde le ciel ; du ciel je ris.

LE COMTE, *à François.*

Rends-moi mon fils... (*Il chancelle.*) Mon fils !...
(*Il tombe dans les bras de Daniel et d'Amélie.*)

AMÉLIE, *effrayée.*

Que vois-je ?... Est-il mort ?...

FRANÇOIS, *courant vers son père.*

Mort?...

(*Il le regarde, puis redescend triomphant.*)

Moi seul suis maître ici !

(*Daniel et Amélie pleurent. François les regarde d'un air ironique.*)

FIN DU PREMIER ACTE.

ACTE DEUXIÈME

PREMIER TABLEAU

Un endroit désert du parc de Moor. Quelques arbres. A droite, bien en vue, le tombeau du comte Maximilien. Le jour approche de son déclin. Amélie, fuyant l'orgie du château, se réfugie près du tombeau de son oncle, pour pleurer sur lui et Carlo, tout ce qu'elle a aimé.

SCÈNE PREMIÈRE

AMÉLIE, *près du tombeau.*

Loin de leur fête, enfin donc me voici.
(Regardant la tombe.)
Près de ta tombe oubliée,
Je viens l'âme désolée !...
Au milieu des méchants, je reste isolée
Et sans espoir, je pleure ici.

(*Elle s'agenouille devant la tombe. Un chant bachique résonne au loin : ce sont les amis de François dont les voix arrivent jusqu'à cette solitude.*)

CHŒUR, *dans le lointain.*

De l'heure qui passe
Bravons la menace ;
Avant qu'il s'efface,
Fêtons le plaisir.
Songer est folie,
Tout passe et s'oublie,
La coupe est emplie,
A nous le désir !

AMÉLIE, *se levant.*

Chante et blasphème une injure dernière,
O monstre, bourreau de ton père !

· Ta voix ira se briser sur la pierre,
Et le ciel saura te punir !...

SCÈNE II

AMÉLIE, DANIEL, *accourant tout ému par le fond,*
gauche.

DANIEL.

Ah ! madame...

AMÉLIE, *sans détourner la tête.*

Qui parle ?...

DANIEL, *s'inclinant.*

Un grand coupable !
Un malheureux que le remords accable....

AMÉLIE, *regardant Daniel.*

Que veux-tu dire ?...

DANIEL.

Ah ! dût-il me frapper,
C'est à vous qu'aujourd'hui je veux tout dévoiler.
(*Bas.*)
Notre vrai maître, le comte Carlo, respire...

AMÉLIE, *avec force.*

Qu'entends-je ?...

DANIEL.

On vous trompa : Carlo respire !...
Ce secret m'étouffait, le remords me déchire...
Pardonnez...

AMÉLIE, *avec enthousiasme.*

Carlo vivant, ô délire !...

(*Sur la ritournelle de l'allegro suivant, Daniel parle*
à Amélie qui l'écoute à peine. Puis il regarde à gauche

et s'enfuit par la droite, comme craignant d'être sur-
pris.)

AMÉLIE.

Il respire, ô puissante ivresse,
O sainte extase enchanteresse;
Dieu m'exauce, et dans ma détresse
Au ciel obscur luit son pardon.
Il respire !... Les cieux, la terre
Revoient la divine lumière;
Je renais et mon cœur espère,
O sainte flamme, à ton rayon.

SCÈNE III

AMÉLIE, FRANÇOIS.

(François, revêtu d'habits magnifiques, sort du festin.
Amélie, à son aspect, se réfugie près du tombeau.)

FRANÇOIS, *entrant par le deuxième plan, à gauche.*
Je te retrouve enfin ; pourquoi fuir notre fête ?...
En ce lieu sombre qui t'arrête?

AMÉLIE.

Je fuis l'orgie, et je viens en ces lieux
Pleurer sur la pierre,
Dire la prière
Qui va vers ton père
S'élever aux cieux !

FRANÇOIS.

Eh quoi ! toujours des larmes ?...
Viens, Amélie, et bannis les alarmes.
Laisse ton front s'épanouir joyeux ;
Laisse-moi lire enfin le bonheur dans tes yeux.
(Il s'approche d'elle et veut lui prendre la main. Elle
le repousse avec mépris.)

DUO.

FRANÇOIS.

Oui, je t'aime d'amour immense !
A toi mes trésors, ma puissance.
Cher ange, apprends donc la clémence
A ce cœur longtemps sans pitié.
O toi que j'aimai dès l'enfance,
A ce cœur apprends la clémence.
Ton souverain est à tes pieds,
De son amour prends donc pitié.

AMÉLIE, *avec force.*

Toi sacrilége, infâme,
Toi que l'enfer réclame,
Implorer ma pitié ?...
Non, je te hais depuis l'enfance,
Garde ton cœur et ta puissance ;
Non, dût la mort te frapper à mes pieds,
Pour toi, bourreau, point de pitié !

FRANÇOIS, *avec colère.*

Je priais, maintenant j'ordonne :
Choisis, le cloître ou la couronne...

AMÉLIE.

Plutôt la mort, plutôt le cloître loin de toi !

FRANÇOIS, *furieux.*

Tu me braves? Eh bien! la honte
Saura te courber sous ma loi :
Oui, tu seras à moi,
Et la maîtresse du noble comte
Bientôt va rougir de honte...

(*Amélie, effrayée, se jette aux pieds de François, qui la regarde triomphant.*)

AMÉLIE, *à genoux.*

Grâce ! vois mes pleurs, mon effroi !...

(*François la relève, et, la croyant vaincue, veut la pren-*

dre dans ses bras. Amélie lui arrache alors son poi-
gnard, et, superbe d'indignation, le menace à son
tour.)

AMÉLIE, *le poignard à la main.*

Arrière ! assez d'outrage,
Je brave enfin ta rage.
O traître sans courage,
Ce fer te fait pâlir !
   (*Montrant la tombe.*)
Vois donc la tombe avide,
Là, vois l'ombre livide ;
Ton père ici me guide,
C'est son bras qui va te punir.

FRANÇOIS,

Enfant, ta folle rage
En vain ici m'outrage ;
Mais tremble, car l'orage
Peut frapper et punir.
Ma haine est plus avide
Que cette ombre livide,
L'enfer ici me guide,
Bientôt tu dois m'appartenir !

(*François veut s'élancer vers Amélie. Elle l'arrête en le*
menaçant de son poignard. Puis elle fuit par le se-
cond plan, à gauche. François, furieux, court sur ses
traces.)

DEUXIÈME TABLEAU

Une forêt de la Bohême. A travers les arbres, à l'horizon, on voit, un peu à droite, une ville. Crépuscule. Chauds rayons de couchant.

SCÈNE IV

LES BRIGANDS, *puis* DES FEMMES DU PEUPLE, *puis* ROLLER.

PREMIER GROUPE DE BRIGANDS, *paraissant à droite.*

Avec prudence,
Que l'on s'avance.

DEUXIÈME GROUPE, *paraissant à l'autre plan.*

Quelle nouvelle ?

TROISIÈME GROUPE, *entrant par la gauche.*

L'enfer s'en mêle :
Roller est pris.

TOUS, *avec colère.*

Roller ? vengeance !

TROISIÈME GROUPE.

A la potence
On le conduit !

PREMIER GROUPE.

Que dit le chef ?

TROISIÈME GROUPE.

Il a juré
(*Montrant le fond.*)
Dès aujourd'hui de tout brûler !

TOUS.

Ah ! pauvre ville,
S'il l'a juré,
Flambe et pétille ;
Le beau bûcher !
Roller, je pense...
A la potence...

(*Des flammes immenses apparaissent au fond à travers les arbres.*)

Le ciel s'enflamme,
Voyez la flamme !
Le capitaine
Sert notre haine.
Il tient parole,
La foule est folle.

(*On entend des cris dans la coulisse. Des femmes, des enfants, des bourgeois traversent la scène, affolés et comme fuyant l'incendie ; ils viennent de la droite. Les Brigands se cachent derrière les arbres.*)

PEUPLE, *fuyant.*

Quel feu horrible, ah ! quel fléau !
La mort sort du tombeau !...
A l'aide ! à l'aide ; ah ! quel fléau !

(*Peu à peu les cris s'éloignent, la flamme diminue. Soudain un grand bruit : Roller entre par la droite, ramené par d'autres Brigands.*)

LES BRIGANDS, *reparaissant tous.*

Mort et furie ! eh ! c'est Roller ?... —
— Ou bien son ombre ? — Eh ! c'est lui-même.
(*Entourant Roller.*)
— D'où viens-tu donc ainsi tout blême?...

ROLLER, *se frottant le cou.*

Blême !... Parbleu, je viens tout droit de la potence !...
Ah ! quand j'y pense,
Je me sens une soif d'enfer.

BRIGANDS, *lui donnant une gourde.*

Bois, puis raconte...

ROLLER, *aux Brigands entrés avec lui.*

A vous tous de parler.

(*Roller s'assied et boit.*)

CHŒUR.

Les bons bourgeois se pressaient vers les potences ;
Dans vingt endroits nous jetons des feux immenses.
La ville flambe, et courant à l'incendie,
On perd la tête, on s'appelle et puis on crie.
Le feu bientôt prend à la poudrière :
Ah ! quel fracas, tout s'écroule en poussière ;
Du capitaine la main meurtrière
Ouvre un chemin, et nos pendus sont décrochés !

TOUS, *joyeusement.*

Ah! nous bravons la potence,
Et les soldats et les geôliers ;
Ah ! la superbe vengeance,
Oui, la victoire est aux routiers !

ROLLER.

Ah! notre chef de très-loin me ramène !...

CHŒUR, *regardant à droite.*

Mais le voici, toujours sombre et rêveur.

SCÈNE V

LES MÊMES, CARLO, *entrant par le fond, à droite.*

(*Ce n'est plus le même homme qu'au premier acte. Deux
ans se sont écoulés. Carlo a vieilli : il est pâle, son
aspect est farouche. Armé jusqu'aux dents, portant
longs cheveux et barbe inculte, il est devenu méconnaissable. Il est nécessaire que le contraste avec le
premier acte soit bien accusé, car ni le Comte ni*

même Amélie ne vont d'abord reconnaître Carlo,
qu'ils croyaient mort. — Carlo entre pensif et sans
prendre garde à ceux qui l'entourent.)

CHŒUR, *s'avançant vers Carlo.*

Quels sont tes ordres, capitaine ?...

CARLO.

Nous partirons à l'aurore prochaine.
Amis, laissez-moi seul, j'ai la mort dans le cœur.

CHŒUR, *les Brigands s'éloignant.*

Ah ! nous bravons la potence,
Et les soldats et les geôliers,
Ah ! la superbe vengeance,
Oui, la victoire est aux routiers.

(Ils se dispersent de tous côtés.)

SCÈNE VI

CARLO , *seul.*

(Il admire la nature aux rayons du soleil couchant.)

RÉCIT.

Quel splendide spectacle émeut mon âme,
Au couchant qui s'enflamme !...
Soleil, sublime flamme,
Comme un héros, dans la pourpre sommeille.
O nature, ô merveille !...

. . . .

Mais que fais-tu, toi le monstre proscrit,
Dans cet Éden adorable ?...
N'es-tu pas le maudit ?
Ah ! pour toi plus d'ivresse ineffable !

MÉLODIE.

Vaine plainte, ma destinée
Est au crime, hélas ! enchaînée.
Par le ciel l'âme est condamnée,
Par la terre l'homme est proscrit.

Oui, dans le ciel je suis maudit,
Sur la terre je suis proscrit.

D'Amélie image fidèle,
Dans mes rêves pourquoi glisser ?
Alors ma douleur est cruelle,
Car tout me parle du passé.
Va, fuis, image fidèle ;
Ma douleur est plus cruelle,
Lorsque je songe au passé...

(*Il reste absorbé. Tout à coup on entend les appels des Brigands. Carlo relève la tête et s'avance vers ses compagnons qui entrent en désordre.*)

SCENE VII

CARLO, ROLLER, TOUTE LA BANDE.

FINALE.

CHŒUR.

Capitaine, on nous cherche. Aux armes !

CARLO.

Quels sont nos ennemis ?

CHŒUR.

Plus de mille soldats !

CARLO.

Que fait le nombre ? Ah! pour nous point d'alarmes.
Glaive en main, courons aux combats.

TOUS.

Glaive en main et courons aux batailles ;
Comme des loups sortons des broussailles,
Et frappons, voici les représailles;
Sur eux tous vengeons nos compagnons.
Guerre et sang! Ces soldats mercenaires

Osent suivre les loups aux repaires ;
Que nos bras d'hommes libres, ô frères,
Ouvront, rouges, de larges sillons !
Aux armes ! vengeons nos compagnons !

(Tous, les armes à la main, s'élancent à la suite de
Carlo.)

FIN DU DEUXIÈME ACTE.

ACTE TROISIÈME

Le théâtre représente un site désert et sauvage. A droite et dans une partie du fond, la forêt. A gauche, second plan, les ruines d'une vieille tour. Bien en vue, une porte de fer donnant accès dans les souterrains de la tour. Au fond, une éclaircie laissant voir l'horizon. Partout des arbres, des ruines et des rochers. C'est dans cette partie de la forêt que Carlo et sa bande ont établi leur campement.

SCÈNE PREMIÈRE

(Au lever du rideau on voit entrer Amélie, qui, émue, tremblante, semble fuir un danger.)

AMÉLIE, *entrant par le deuxième plan de gauche.*

Ah! je suis sauvée...
En cette solitude ignorée,
Loin de François, me voici libre enfin.
(*Elle regarde autour d'elle.*)
Mais où donc suis-je ?... Ah! quel désert sauvage !
D'aucun côté je ne vois de chemin ...
Solitude, d'un deuil sans fin
Tu reflètes l'image !..

. . . .

CHŒUR. *Brigands dans la coulisse.*

Hurrah! dans le sang, les combats, l'incendie,
Galment, francs routiers, nous passons notre vie ;
Et libres, joyeux, la bataille finie,
A nous les chansons, les plaisirs de l'orgie.
(*Amélie écoute avec terreur et regarde de tous côtés.*)

AMÉLIE.

Qu'entends-je ? ô terreur infinie,
Suis-je au pouvoir de ces bandits.

SCÈNE II

AMÉLIE, CARLO.

(Carlo entre par le fond, à droite, et regarde Amélie.

AMÉLIE, *voyant Carlo.*

Mais les voici...

CARLO, *reconnaissant Amélie.*
Grand Dieu!...

AMÉLIE, *suppliante.*
Pitié!... frayeur mortelle!...

CARLO.

Amélie!

AMÉLIE.
Ah! qui donc m'appelle?

CARLO.

Regarde...

AMÉLIE, *vivement.*
Quelle voix!...

CARLO.
Quoi! dans ces traits flétris,
Rien à ton cœur ne me rappelle?

AMÉLIE, *allant à lui et le regardant.*
Parle, parle encore...

CARLO, *avec passion.*
Je t'aime!...

AMÉLIE, *se jetant dans ses bras.*
Carlo! Carlo, bonheur suprême!...

. . . .

2

DUO.

ENSEMBLE.

O joie immense! enfin c'est toi
    Que sur mon cœur je presse!
Je t'aime encore et j'ai ta foi.
    O joie! ô sainte ivresse !
Rien ne peut t'arracher à moi.

AMÉLIE.

Carlo, fuyons, ici je tremble.
    (Montrant la gauche.)
Ces voix me font frémir!...

CARLO.

Pourquoi trembler, quand l'amour nous rassemble,
    Chère âme, pourquoi frémir ?
        (A part.)
    Qu'à jamais elle ignore
Le passé qui me déshonore,
    Et mon sanglant avenir.

.   .   .   .

AMÉLIE, *tendrement.*

Carlo, loin de moi, si longtemps, pourquoi vivre ?

CARLO.

Pardonne, ô cher ange, et de moi prends pitié.

AMÉLIE.

On t'avait dit mort, ami, j'allais te suivre...

CARLO.

Hélas! le trépas m'a longtemps oublié.

AMÉLIE,

De ce long exil, ah! dis-moi la souffrance...

CARLO.

Non, puisse ton cœur, à jamais l'ignorer.

AMÉLIE.

Carlo, chaque jour, je pleurais ton absence !

CARLO, *avec tendresse.*

Les larmes d'un ange ont sur moi pu tomber !...

ENSEMBLE.

Espère, ô mon âme, car l'amour nous reste :
Puissant et sublime, il brille encore aux cieux.
L'extase ineffable d'une heure céleste,
A nos cœurs doit rendre l'espoir radieux !

CARLO.

Mais dans ce lieu désert, qui t'amène tremblante ?
Loin du château, que fais-tu, seule, errante ?

AMÉLIE.

Pleure, ô Carlo, ton père n'est plus...

CARLO, *à part, avec désespoir.*

Ah ! du moins il échappe à ma honte sanglante !

AMÉLIE.

Et François, qu'irritaient mes refus,
Me menace...

CARLO.

Ah ! qu'il tremble !

AMÉLIE.

Enfin, Dieu te ramène !...

ENSEMBLE.

Plus de crainte, je suis près de toi.
Que l'amour nous enchaîne
Au ciel et sur la terre, à toi ma foi !...
. . . .
Au ciel l'amour rayonne,
Dieu console et pardonne ;
Par l'amour Dieu nous donne
La foi, sublime ardeur.

Au ciel, séjour des âmes,
Foyer des saintes flammes,
Fuyant loin des infâmes,
Ah ! cherchons le bonheur.

*(Reprise de l'ensemble. Carlo et Amélie restent un
instant enlacés. Puis les premières mesures du chœur
des Brigands résonnent. Carlo tressaille en reconnaissant ces voix et il emmène Amélie par le troisième
plan de gauche.)*

SCÈNE III

*(Les Brigands arrivent tumultueusement par la
droite, avec des verres, des bouteilles, des dés. Ils
chantent et boivent. Tableau de grossière orgie;
quelques femmes remplissent les verres.)*

CHŒUR.

Hurrah ! dans le sang, les combats, l'incendie,
Gaîment francs routiers, nous passons notre vie,
Et libres, joyeux, la bataille finie.
A nous les chansons, les plaisirs de l'orgie !
        Libre et fier, le routier chante,
        Malgré la corde et les fers.
        Il est roi ! Sa troupe errante
        Pour domaine a l'univers.
        Les couvents, les châteaux, la chaumière,
        Ont pour lui, le vieux vin vermeil.
        Lucifer tient sa bannière ;
        L'astre des nuits est son soleil !
        Heureux, contents comme des rois,
        Couchant à l'ombre des grands bois,
        Le jour, nous faisons peu de bruit,
        Mais nous travaillons bien la nuit.
                Oh ! nous allons
        Gaîment, sans tambours ni trompettes,
                Et nous volons
        L'argent et le cœur des fillettes !

Mais quand sonnera la dernière bataille,
Offrant au bourreau le fond de la futaille,
Faisons avec lui la suprême ripaille,
Et puis vers Satan que notre âme s'en aille !
La ra la ra la ra
La la !
(*A la fin du chœur la nuit arrive.*)

SCÈNE IV

Les Mêmes, CARLO, *rentrant par le fond gauche.*

TOUS, *à Carlo.*

Salut à notre chef !

CARLO.

Du repos, voici l'heure.

TOUS.

La nuit nous couvre...

CARLO.

Allez tous ; je demeure !
(*Reprise du chœur.*)
La la ra la ra la
La la !

(*Les Brigands se dispersent de côté et d'autre. Plusieurs s'étendent dans leur manteau sous les arbres et contre les rochers, de façon à rester en vue. La nuit est venue. La lune éclaire ce pittoresque et sombre paysage. Beaucoup de caractère.*)

CARLO, *rêveur*

O malheureuse Amélie !
Ton cœur espère... Folie !...
Ma honte hélas ! nous sépare à jamais.
(*Il regarde ses compagnons qui reposent insouciants.*)

2.

Là, tous reposent... seul, moi j'évoque
Le spectre des forfaits !
O mort, quand viendras-tu, je t'invoque !...

La mort, l'abîme !... mort, éternité !...
Sombre mystère,
Inconnu redouté !...
(Il tire son poignard et le regarde.)
O fer stupide ! tu peux me soustraire
A ma misère...
Frappe !...
(Il va pour se frapper et s'arrête.)
Quoi ! comme un lâche, fuir la terre ?...
Quoi ! m'avouer vaincu par la souffrance ?
(Il jette son poignard.)
Non ! non ! A ma puissance,
A mon orgueil cedera la souffrance !
(Il va s'asseoir sur un rocher, à droite.)

SCÈNE V

Les Mêmes, DANIEL, puis LE COMTE MAXIMILIEN.

(Daniel entre par le fond, à gauche. Il porte un pa-
nier et de tous côtés regarde, ainsi qu'un homme qui
craint d'être suivi.)

DANIEL, à voix basse.
Tout est calme et silence !...
(Il va à la porte grillée de la tour et y frappe.)
Entends ma voix... Viens, malheureux vieillard ;
A toi toujours je pense.
Voici pour toi...
(Il lui passe du pain et une bouteille.)
CARLO, prêtant l'oreille.
Qu'entends-je ?...
(Il se lève et s'approche de Daniel.)
LE COMTE, dans le carreau.
O Daniel, tu viens tard !

DANIEL.

Silence!... prends, et puis redescends vite.
S'il te savait vivant, dans sa rage subite,
Ton fils maudit...

CARLO, *lui mettant la main sur l'épaule.*
Holà!...

DANIEL, *tombant à genoux.*
　　　　　Pitié pour un coupable!
Qui que tu sois, pitié! car le remords m'accable.

CARLO.

A qui parlais-tu là?...

LE COMTE, *derrière la porte.*
　　　　Qui donc est avec toi?

CARLO, *à Daniel.*
Quel secret d'infamie a causé ton effroi?...
Une victime est là?...

(*Il montre le caveau et en secoue la porte.*)

DANIEL, *suppliant et voulant le retenir.*
　　　　Seigneur!...

CARLO, *avec colère.*
　　　　　　Va, laisse-moi!

(*Malgré Daniel, qui cherche à le retenir, Carlo fait
tomber la porte. Le vieux Comte sort du caveau,
Daniel, effrayé, se sauve par le fond gauche. Le Comte
est hâve, pâle, à peine vêtu.*)

SCÈNE-VI

LE COMTE, CARLO.

(*Carlo, que le son de la voix a frappé, amène le Comte
dans le rayon de lune.*)

LE COMTE.

Béni soit qui me sauve!...

CARLO, *regardant le vieillard.*
(A part.)
Ah! que vois-je? Mon père!...
(S'*inclinant avec respect.*)
Spectre de Moor, sur notre terre,
Quel crime viens-tu donc venger?...

LE COMTE, *tristement.*
C'est un vivant que tu viens de sauver!

CARLO.
Quel infernal mystère!...

LE COMTE, *montrant le caveau.*
Oui là, là seul sans cesse!...

CARLO, *à part.*
O fureur vengeresse!
(*Haut.*)
Le nom de ton bourreau?
LE COMTE, *tristement.*
Apprends le secret du tombeau.

RACCONTO.
De Carlo, moi je pleurais l'absence;
On me dit qu'il perdit l'existence,
Et sans force contre la souffrance,
        Je tombe soudain expirant.
Je m'éveille, ô terreur éternelle,
Dans un tombeau! Je tremble, j'appelle...
Alors François, mon fils, le rebelle,
Crie et blasphème : « Eh quoi! toujours vivant?...
Et François, que la rage transporte,
Du tombeau sur moi ferme la porte;
Jusqu'ici dans la nuit on m'apporte.
Depuis lors, là je pleure et languis.
Vaines larmes, ni cris ni prière
N'attendrirent cette âme de pierre,
Et le monstre, auteur de ma misère,
C'est François, hélas! oui, c'est mon fils!...
        Douleur et misère!

Ce bourreau que tu maudis,
C'est mon sang, oui, c'est mon fils.

(Le vieux Comte, épuisé par son récit et les douleurs évoquées, se laisse tomber évanoui sur un quartier de roche qui se trouve au troisième plan de gauche, un peu en avant, près de la vieille tour. Carlo, qui a écouté ce récit avec une croissante émotion, se redresse furieux et appelle ses compagnons qui accourent en désordre. Un rayon de lune doit alors donner en plein sur la tête du vieux Comte évanoui.)

FINALE.

CARLO, *éveillant ses compagnons.*
Debout! tous debout!

CHŒUR. *Brigands se levant de partout.*
Aux armes, amis.
(Tous viennent se ranger sur la droite autour de Carlo qui leur montre le vieillard.)

CARLO.
Voyez ce vieillard, ô triste victime,
Cet homme expirant, frappé par le crime;
Eh bien! c'est mon père!...

CHŒUR.
O crime infâme!

CARLO, *avec force.*
Vengeance! vengeance! ma voix la réclame
Au Dieu tout-puissant de l'immense univers.
Demain, que mes yeux soient brûlés par ta flamme,
Soleil, si ma main n'a frappé le pervers.
Par vous, les maudits, qu'aujourd'hui s'accomplisse
L'arrêt que prononce la sainte justice.
Courbez votre tête : le Dieu de vengeance
Remet en vos mains sa terrible sentence.

Mon frère a commis ce forfait exécrable,
Demain, à mes pieds amenez le coupable !..

(Il étend la main sur la tête de son père.)

     Par le ciel, la mort livide,
     Vous jurez de le venger ?

    TOUS, *étendant la main.*

     Par le ciel, la mort livide,
     Nous jurons de le venger!

      CARLO.

     Point de grâce au parricide,
     Rien ne doit le protéger!

      TOUS.

     Point de grâce au parricide,
     Rien ne doit le protéger.

      ENSEMBLE.

      CARLO.

     Par le ciel, dont la voix vous réclame,
     Vous jurez d'exécuter l'arrêt;
     Vous jurez de punir un infâme,
      Votre glaive est prêt?

      CHOEUR.

     Par le ciel, dont la voix nous réclame,
     Nous jurons d'exécuter l'arrêt;
     Nous jurons de punir un infâme,
      Notre glaive est prêt!

*(Tous étendent la main vers le vieux Comte en jurant
encore de venger le père de leur chef.)*

      FIN DU TROISIÈME ACTE.

ACTE QUATRIÈME

PREMIER TABLEAU

Une vaste salle du château de Moor. Portraits d'ancêtres. Au fond, galerie donnant sur les remparts; on aperçoit au delà la campagne. — Décor sévère. A gauche et à droite, deuxième plan, des portes. Scène de nuit. Le théâtre est éclairé par des lampes·

SCÈNE PREMIÈRE

FRANÇOIS, *puis* DANIEL *et* SERVITEURS.

(*François, vieilli, pâli, les vêtements en désordre, entre vivement comme fuyant devant une apparition.*)

FRANÇOIS, *entrant par la droite, deuxième plan.*
Fuis, ô spectre!... les morts vont-ils renaître?
(*Regardant devant lui.*)
Moi, parricide... non!... (*Appelant.*) Holà...

DANIEL, *accourant avec d'autres serviteurs par le deuxième plan de gauche et par le fond.*
Altesse?...

FRANÇOIS, *courant à Daniel.*
Entends-tu leurs sanglots?...

DANIEL.

Non... non, mon maître.

FRANÇOIS.
Non?... Va vers le ministre; il te suivra.
(*Daniel va pour sortir, François le rappelle.*)
Non, demeure!... (*Aux autres.*) Allez, vous tous.
(*Les Serviteurs sortent par le fond.*)

DANIEL, *regardant François.*

Mais, seigneur, vous tremblez, qu'avez-vous?...

FRANÇOIS, *mystérieusement et s'appuyant sur Daniel.*

Dis, crois-tu que les morts dans leur blanc suaire
Puissent surgir?... Non, je rêvais, c'est chimère!...

DANIEL, *à part.*

L'effroi le glace, il est tremblant.

FRANÇOIS.

Écoute...

DANIEL, *à part.*

O remords effrayant!...

LA VISION.

FRANÇOIS.

Un songe terrible a troublé ma nuit sombre :
Sur un roc désert je reposais dans l'ombre;
Soudain des sanglots déchirants et sans nombre
M'éveillent; la terre apparaît tout en feu!
Ce feu me dévore, excite ma furie!
Mais une voix s'élève, immense elle crie :
« O morts! levez-vous, ouvre-toi, terre impie!
» O mer! rends tes morts, tel est l'ordre de Dieu! »
La voix parle encore, les spectres surgissent;
Ces restes informes, ces spectres frémissent...
Soudain trois archanges au ciel resplendissent!...

DANIEL, *avec effroi.*

Ce rêve est l'image du grand jugement.

FRANÇOIS, *regardant devant lui comme voyant ce qu'i*
raconte.

L'un d'eux de la loi tient la table immortelle;
Il parle : « A qui doute la flamme éternelle!... »
Et l'autre, un miroir à la main, nous appelle;
Il parle : « Au mensonge, l'enfer, le tourment! »
Enfin le troisième, tenant la balance,

Nous dit : « Du Très-Haut la justice commence! »
C'est moi qu'il appelle de sa voix immense;
La terre se couvre d'un voile sanglant!...
Chaque heure en passant rappelait mes victimes,
Et dans la balance tombaient tous mes crimes...
Mais dans le saint plateau des grâces sublimes
Le sang rédempteur sur l'enfer l'emportait.

(Avec terreur.)

Soudain je frissonne : du sein de l'abîme
S'élève mon père, ma pâle victime,
Alors dans le plateau de l'enfer, du crime,
Le sombre vieillard jette un dernier forfait.
Alors tout s'écroule; pour moi plus de grâce,
Le divin pardon se relève en l'espace,
Et l'ange me dit d'une voix qui me glace :
« Pour toi, réprouvé, l'homme-Dieu n'a pas souffert,
» Tout son sang ne pourrait t'arracher à l'enfer;
» Parricide, pour toi l'enfer! »

(Daniel et François restent frappés d'épouvante.)

SCÈNE II

Les Mêmes, MOSER, Daniel sort par la gauche en
voyant le ministre.

moser, entrant par le deuxième plan de gauche.

Seigneur, vous m'avez appelé?
Du vieux pasteur voulez-vous rire encore,
Ou bien d'effroi Dieu vous a-t-il frappé?

FRANÇOIS.

Chimère!...

moser, le regardant.

Non! tu crains l'éternité :
Tu trembles!...

françois, relevant la tête.

Moi?...

3

MOSER,

> Ton âme impie enfin implore
Ce Dieu qui juge et frappe !...

FRANÇOIS, *tremblant.*

Ah !

MOSER, *le regardant toujours.*

> Le remords t'assiége...

FRANÇOIS, *avec emportement.*

Eh bien! dis, que peux-tu?
Peux-tu, toi que le ciel guide et protége.
Dans mon corps souillé briser l'âme sacrilége?
Non?... Va, que peut ta stérile vertu?

MOSER, *gravement.*

Punir le crime, le parricide,
Le fratricide.

FRANÇOIS, *avec emportement.*

Ah! tais-toi, vieillard perfide !...

SCÈNE III

LES MÊMES, DANIEL, *puis* SERVITEURS *et* BRIGANDS.

DANIEL, *accourant par la gauche.*

Seigneur, des gens sans nombre assiégent ce palais;
Il faut combattre !...

FRANÇOIS, *avec terreur.*

> Allez au temple.
Implorez Dieu pour moi !...

CHŒUR, *au dehors.*

> La terre trembl !...

FRANÇOIS, *au pasteur en s'inclinant.*

Pardonne...

MOSER.

Un Dieu pourra t'absoudre ; moi, jamais!

ENSEMBLE.

MOSER.

Criminel, voici ton heure,
Dieu te frappe, en vain tu pleures!
Vois l'abîme, il faut mourir!

FRANÇOIS.

O justice, est-ce ton heure?
Vois, Seigneur, pour la première fois je pleure.
Sans espoir faut-il mourir?

CHŒUR, *au dehors.*

Assassin, voici ton heure,
Va maudit, blasphème et pleure :
Voici l'heure, il faut mourir.

(Les portes sont renversées, les Serviteurs tombent sous les coups des Brigands qui s'élancent sur François. le saisissent et l'entraînent.)

LES BRIGANDS.

Blasphème et pleure,
Voici ton heure;
Il faut mourir.

(Tous sortent en désordre; les glaives sont levés sur François. — Changement à vue.)

DEUXIÈME TABLEAU

Même décor qu'au troisième acte, mais éclairé par une belle aurore.

SCÈNE IV

LE COMTE, CARLO.

(Ils sont assis tous deux sur un rocher, à droite.)

LE COMTE.

C'est mon fils, pardonne...

CARLO.

Non, qu'il périsse !

LE COMTE, *suppliant.*

C'est mon fils ; à Dieu seul est la justice !
Et moi, ne suis-je pas coupable ?

(*Levant les yeux au ciel.*)

Carlo, du ciel pardonne au père misérable !...

CARLO, *ému et détournant la tête.*

Carlo pardonne !...

LE COMTE.

O mon Carlo ; je t'ai perdu !...

CARLO, *avec désespoir.*

Hélas ! perdu sans espérance !...

LE COMTE, *pleurant.*

Et moi j'existe !...

CARLO, *à part.*

Ciel clément, m'inspires-tu ?

(*Haut.*)

Je t'ai sauvé, vieillard, pour récompense,
Ah ! que ta main bénisse ton sauveur !...

LE COMTE, *étendant la main sur Carlo qui s'agenouille.*

Dieu de clémence,
Bénis ce juste et rends-lui le bonheur !...

CARLO, *se relevant.*

Saint vieillard laisse-moi te presser sur mon cœur.

(*Le vieux Comte presse Carlo sur sa poitrine.*)

DUETTINO.

LE COMTE.

Dans mes bras, enfant, songe à ton père,
Dans les tiens, moi, je songe à mon fils,
Et tous deux exilés sur la terre,
Evoquons les jours évanouis,
Le ciel te garde, je te bénis.

CARLO.

Heure sainte, je crois de mon père
Reconnaître les accents chéris.
Parle encore, bien loin de la terre
Je revois les jours évanouis.
Saint vieillard, parle encore à ton fils!

SCÈNE V ET DERNIÈRE

LES MÊMES, BRIGANDS, *puis* AMÉLIE.

(A la vue de ses compagnons, Carlo fait un geste de désespoir et s'éloigne de son père.)

CARLO.

Dieu! que vois-je, ô cruel réveil!...

BRIGANDS, *un premier groupe entrant par la gauche.*

Malgré nous, ô capitaine!...
Le captif brisa sa chaîne.
CARLO, *à part, avec joie.*
Le ciel m'épargne un fratricide!

BRIGANDS, *autre groupe amenant Amélie et entrant par le même point.*

Victoire! butin sans pareil!

AMÉLIE, *courant à Carlo.*

De ces démons, ah! défends-moi!...

LE COMTE, *voyant Amélie.*

Ma fille!...

AMÉLIE, *allant au Comte.*

Que vois-je?...

CARLO, *à Amélie avec égarement.*

Ici qui vous guide?...

AMÉLIE, *à Carlo.*

Ah! plus de crainte, enfin c'est toi.

CARLO.

Désespoir ! instant redoutable !

AMÉLIE, *avec amour.*

O Carlo, Carlo !...

LE COMTE, *courant à Carlo.*

Dieu !...

CARLO.

Quel destin misérable !...

(*Avec force.*)

Fuyez tous deux, fuyez ; la terre tremble,
L'abîme va nous engloutir ensemble !...

(*A son père.*)

Ton fils, ce Carlo, fut infâme,
Dieu l'a maudit, le bourreau le réclame.

(*Aux Brigands avec fureur.*)

Et toi, race impie,
Qui brises ma vie,
Cette âme flétrie
Périt avec toi.
Pour tous l'infamie !...

(*Au paroxysme de la colère.*)

Écoute, Amélie; écoute, ô mon père :
Voyez ces brigands, effroi de la terre,
Je suis leur chef !...

AMÉLIE *et* **LE COMTE.**

Horreur ! la honte m'accable,

TOUS.

Aveu redoutable !...

FINALE.

CARLO.

Adieu doux rêve, adieu bonheur, tendresse.
Frappe un coupable, ô foudre vengeresse !
Dieu me condamne. Ah! pour nous plus d'ivresse;
Fuyez tous deux ; laissez-moi seul souffrir !

AMÉLIE, *se jetant dans les bras de Carlo.*

Ange ou démon, Carlo, toujours je t'aime ;
Que Dieu pardonne, ami, si je blasphème.
A toi mon cœur ; vienne l'instant suprême ;
Auprès de toi, je veux vivre ou mourir !

CARLO, *à Amélie.*

Toi qui pardonnes, enfant, sois bénie !

AMÉLIE.

Carlo !...

CARLO, *avec ivresse.*

Le ciel s'ouvre à nous, Amélie.
Loin de la honte et vers l'aube infinie,
Allons tous deux oublier en aimant.

LE COMTE.

Le ciel m'accable, ô douleur infinie !
Partout le sang, la honte, l'infamie.
Tout s'engloutit dans le passé sanglant !...

LES BRIGANDS, *s'avançant menaçants vers Carlo.*

Honte aux parjures,
Vois ces blessures,
Pour toi jadis coula ce sang.
Au nom de ce passé sanglant,
Souviens-toi de notre serment :
Tu nous appartiens par le sang !...

CARLO, *avec désespoir.*

A ces bandits, oui, le crime m'enchaîne,
Et rien ne peut briser l'horrible chaîne !
Je leur appartiens par le sang !

AMÉLIE.

A ces bandits si le crime t'enchaîne,
Ah ! frappe-moi, Carlo, brise ma chaîne,
Oui, que ta main, du moins, verse mon sang
Et je meurs en t'aimant.

Le vieux Comte pleure accablé. Amélie supplie Carlo

*de la tuer. Les Brigands implacables rappellent à leur
chef ses serments : il n'a pas le droit de les quitter.
Alors Carlo, furieux, se tourne vers ses complices.)*

CARLO, *au paroxysme du désespoir.*

Eh bien ! démons, s'il faut encor du sang !
Je me délie, et contre un cœur de fange,
     Tenez, je donne un ange !...

(Il poignarde Amélie qui tombe en poussant un cri.)
     Ai-je le droit de mourir maintenant ?...

*(Il tombe à genoux près du cadavre d'Amélie. Le vieux
     Comte s'agenouille aussi.)*

TOUS.

Malheur ! ô jour sanglant !

FIN

200   Paris — Typ. Morris père et fils, rue Amelot 64.

Bureaux, 21, rue de Choiseul, à Paris.

L'ART MUSICAL

JOURNAL DE MUSIQUE

PARAISSANT TOUS LES JEUDIS

Donne en prime à ses abonnés d'un an

1°

LES MASQUES

OPÉRA BOUFFE EN QUATRE ACTES

PARTITION PIANO ET CHANT COMPLÈTE

Poëme de MM. Nuitter et Beaumont.

MUSIQUE DE

CARLO PEDROTTI

2°

LES VEILLÉES DES PIANISTES

MAGNIFIQUE RECUEIL DE 12 GRANDS MORCEAUX INÉDITS
POUR LE PIANO

PAR MM.

Gottschalk — Ketterer — Marmontel — Espadero — Arban — Kruger — Godefroid — Billema — Jules Cohen — Rummel — Perny — Paul Bernard.

En sus de ces primes, qui sont données tout de suite gratuitement, les abonnés reçoivent tous les quinze jours un morceau de chant ou de piano, par les meilleurs compositeurs. — En tout 25 morceaux dans le courant de l'année.

L'ART MUSICAL est rédigé par MM. De Villars. — G. Chouquet. — Oscar Comettant. — P. Lacome. — A. Vizentini. — Art. Pougin. — Marquis de Pontécoulant. — A. de Lauzières. — Raoul Ordinaire. — Hebco. — Léon Escudier, etc.

PRIX DE L'ABONNEMENT :

Paris : **20** francs — Départements : **27** francs

En envoyant un bon de poste de 27 francs à l'ordre de M. Léon Escudier, on reçoit journal, primes et musique pendant un an, franco.

200   Paris. Typ. Morris, Père et Fils, rue Amelot, 64,

www.ingramcontent.com/pod-product-compliance
Lightning Source LLC
Chambersburg PA
CBHW061657180626
46818CB00003B/1140